O DOUTOR MORTE

Edgar J. Hyde

Ciranda Cultural

Dados Internacionais de Catalogação na Publicação (CIP)
(Câmara Brasileira do Livro, SP, Brasil)

Hyde, Edgar J.
  O Doutor Morte / Edgar J. Hyde ; [tradução Silvio Antunha].
-- Barueri, SP : Ciranda Cultural, 2015. -- (Hora do Espanto)

  Título original: Doctor Death.
  ISBN 978-85-380-0842-2

  1. Ficção juvenil I. Título. II. Série.

15-02228   CDD-028.5

Índices para catálogo sistemático:

1. Ficção : Literatura juvenil 028.5

© 2009 Robin K. Smith
Esta edição de *Hora do Espanto* foi publicada
em acordo com Books Noir Ltd.
Título original: *Doctor Death*

© 2009 desta edição:
Ciranda Cultural Editora e Distribuidora Ltda.
Tradução: Silvio Antunha

1ª Edição
www.cirandacultural.com.br
Todos os direitos reservados. Nenhuma parte desta publicação
pode ser reproduzida, arquivada em sistema de busca ou transmitida
por qualquer meio, seja ele eletrônico, fotocópia, gravação ou outros,
sem prévia autorização do detentor dos direitos, e não pode circular
encadernada ou encapada de maneira distinta àquela em que
foi publicada, ou sem que as mesmas condições sejam
impostas aos compradores subsequentes.

Sumário

Heróis Esportistas	5
Uma Espinha Preocupante	11
O Doutor Popular	15
O Doutor Perfeito	25
Diferença Espinhosa	31
Mudança para Pior	41
Um Plano em Desenvolvimento	49
Curar ou Matar	57
Volta à Normalidade	67
O Doutor Nojo	69
O Retorno do Doutor	73
O Encontro de Josh	79
O Doutor em Ação	83
Karen Entende a Situação	89
Quem Ri por Último...	95

Capítulo 1
Heróis Esportistas

Alguma vez você já foi ao médico para depois piorar em vez de melhorar? Bem, pois foi exatamente isso o que aconteceu com Josh Stevens e alguns de seus melhores amigos quando o *dr. Morte*, como ele rapidamente se tornou conhecido, passou a clinicar na cidade deles. Vou contar o que aconteceu...

– Vai, Josh! – gritou Simon para seu melhor amigo quando passou por ele, mudando ligeiramente de ritmo, para devolver a bola na direção de Josh, que pegou a bola, conseguindo se esquivar da defesa do Vale Merton. Ele saltou, visando diretamente a cesta. Quase em câmera lenta, quando todo mundo no ginásio prendeu a respiração, a bola circulou com delicadeza no aro da rede. Josh viu, com o canto do olho, o técnico Barnes se levantar do banco e parar, olhando a bola fixamente, quase a forçando a cair na rede. Isso funcionou, ou pelo menos alguma coisa sim, pois no minuto seguinte parecia que a escola inteira tinha explodido quando a bola finalmente parou de girar e caiu direto na cesta.

Hora do Espanto

Eles ganharam! A equipe deles batia o Vale Merton pela primeira vez em sete anos e Josh marcou a cesta vencedora. Simon e o resto do time comemoraram orgulhosos, socando o ar pelo sabor da vitória, sorrindo de orelha a orelha.

– Brilhante, Josh, simplesmente brilhante – cumprimentou o técnico Barnes com um tapinha nas costas de Josh. – Todo mundo ficou na ponta do assento... Quase que o apito final soou antes de você marcar. Bela jogada, Josh, bela jogada!

Quando a equipe perdedora se retirou para chorarem uns nos ombros dos outros no vestiário, os rapazes comemoravam a vitória. Todo mundo no ginásio permanecia de pé, aplaudindo o primeiro time a trazer a taça de volta em muitos anos. Josh foi carregado nos ombros pelos companheiros de equipe. Eles o levaram em volta olímpica cantando *Ele é um bom companheiro* em uma algazarra ensurdecedora – e Josh gostou disso. Cada minuto... Nunca havia se sentido tão especial em toda sua vida, e estava determinado a saborear cada momento. Ele brincou com a multidão, acenou e sorriu para todos, sem se importar com o cabelo colado na testa ou o rosto em brasa e encharcado de suor. Quando começaram a segunda volta olímpica, Josh notou Karen com alguns amigos. Karen Summers, o amor de sua vida!

O Doutor Morte

E ela havia acabado de presenciar seu momento de glória, seus cinco minutos de fama. Josh abriu um sorriso especial quando passou por ela. Agora, ela *teria* que sair com ele. Como poderia se recusar a sair com o herói do ensino médio? Tudo o que Josh precisava fazer era criar coragem e pedir, então *teria* um encontro na noite de sábado com a garota mais cobiçada da escola. A equipe parou na outra ponta da quadra e os rapazes baixaram Josh no chão. Ainda eufóricos, mas mais calmos agora, eles se alinharam orgulhosos ao lado do técnico, enquanto o diretor, o sr. Jenkins, colocava neles as medalhas de vencedores.

– Bela jogada, filho – e felicitou Josh. – É um dia memorável para todos nós.

Em seguida, passou para o próximo garoto na linha. Josh espiou o técnico Barnes, que piscou para ele e acenou com a cabeça positivamente, sem pressa, do jeito que as pessoas fazem quando estão contentes a respeito daquilo que você acabou de fazer. Josh retribuiu sorrindo, endireitou os ombros e estufou o peito com orgulho. Ele queria que esse momento durasse para sempre.

Mais tarde, no vestiário, a alegria era geral e as brincadeiras estavam por toda parte, com todos muito naturalmente espirrando água uns nos outros. Camisetas, calções e tênis fedorentos atirados nas sa-

Hora do Espanto

colas de esportes, os amigos atravessaram os portões da escola e começaram a percorrer o caminho de casa. Cada segundo do jogo era dissecado, discutido e examinado de todos os ângulos. Cada ponto que eles marcaram era exagerado, com os jogadores saltando mais alto, driblando mais rápido e marcando pontos com muito mais facilidade do que qualquer outra equipe jamais vista. Por fim, embora muito longe da verdade, pois as outras equipes eram adversários mais do que respeitáveis, os rapazes chegaram à conclusão de que os rivais nem precisavam ter estado lá, tão grandes foram os círculos que tiveram que correr em torno deles.

Conforme os rapazes se aproximavam de casa, a animação do grupinho diminuía.

– Adeus, Kev! A gente se vê amanhã – berrou Simon quando Kevin os deixou e atravessou a estrada para sua casa. Em resposta, Kevin levantou o braço em saudação de vitória e correu feliz pela trilha adiante.

– Caras, a gente se vê – disse Charlie, abaixando-se para amarrar o cadarço do tênis.

– A gente se vê, Charlie – retribuiu Josh, enquanto ele e Simon continuavam a caminhada.

– Você viu a Karen Summers? – perguntou Josh quando virou para olhar o melhor amigo.

O Doutor Morte

– Vi, com certeza! – respondeu Simon. – Impossível não reparar nela. Foi uma das que mais aplaudiu quando você marcou o ponto da vitória.

– É mesmo? – perguntou Josh, olhando para ver se o amigo estava ou não brincando, mas o rosto dele permaneceu impassível.

– Olha, Josh... – ele parou e encarou o amigo. – Você tem que convidar essa garota para sair. Quer dizer, todo mundo sabe que você é louco por ela, todo mundo exceto ela própria. Vou falar uma coisa, se você não se mexer depressa, alguém mais vai sair com ela bem debaixo do seu nariz. Essa garota é bonita demais para ficar sozinha por muito tempo.

– Eu sei, Simon – suspirou Josh. – Mas, e se ela disser não?

Mal recomeçaram a andar e Simon parou novamente. – Josh, rapaz, você está de brincadeira? Olha, quantas vezes já falamos disso? Sai dessa, você é um cara bacana, eu nunca vi nenhum motivo para ela dar um fora em você, ainda mais agora, depois de hoje! – Em uma rara demonstração de afeto, ou talvez de pura irritação, Simon bateu no ombro do amigo. – Vai firme, cara – ele sorriu. – Ei, qual a pior coisa que pode acontecer?

Josh retribuiu o sorriso, tentando se sentir tão confiante quanto Simon parecia. Eles haviam parado

Hora do Espanto

bem na frente do portão de Josh, que soltou o trinco e se despediu do amigo. – Obrigado, Si! A gente se vê amanhã. E lembre-se: Thornton High é a melhor. – Eles se cumprimentaram, batendo as mãos espalmadas no ar, e Josh entrou em casa pela porta da frente.

Capítulo 2

Uma Espinha Preocupante

– Mãe! Sou eu... – ele berrou, jogando a mochila na sala. – Adivinhe só? – continuou enquanto seguia para a cozinha. – Ganhamos a taça, pela primeira vez em sete anos. Sabe quem marcou a cesta da vitória?

Ouviu a mãe começar a descer a escada quando pegou uma lata de refrigerante na geladeira.

– Josh, é você? – ela começou. – Espero que não tenha deixado seu uniforme imundo na mochila. Coloque tudo na máquina de lavar se você quiser suas coisas limpas. Parece que vocês, crianças, acham que as roupas limpas surgem por magia nas gavetas, depois de alguns dias jogadas no chão. Nunca pensou para que servem a máquina de lavar, a máquina de secar e o ferro elétrico?

Josh deu uma mordida em uma barra de chocolate e nem se dignou a responder. Nem precisava, já que, no final das contas, a mãe respondia às próprias perguntas. Carregando a terrível mochila, a mãe entrou na cozinha.

– O que é isso, então? – ela perguntou, agitando a mochila por toda parte, esfregando-a na cara de Josh. – Um uniforme imundo, isso sim.

11

Hora do Espanto

A mãe respondia às próprias perguntas! O garoto virou para olhar para ela, vagamente curioso para saber se teria autorização para responder alguma coisa naquele dia.

– E o que está comendo? Chocolate! Depois você não janta, Josh. Não sei porque precisa beliscar antes das refeições. Não tem comida suficiente na escola? Oh, eu sei, nem me conte, você nem podia imaginar o cardápio, então foi com o Simon até a padaria e fizeram um lanche.

Ela realmente olhou para o filho nessa hora para confirmar. Infelizmente, Josh tinha ainda chocolate demais na boca para responder sim ou não, então apenas ficou quieto. Depois de encher uma pequena esfera de plástico com sabão em pó, ela girou o seletor na parte de cima da máquina de lavar e clicou *liga* no interruptor. Aprumando-se, ela reparou na lata meio vazia na mão de Josh.

– Josh! – advertiu. – Quando você vai aprender? Chocolate *e* refrigerante! As suas espinhas nunca vão sumir se você não parar de comer tanta comida cheia de calorias.

– Eu sei, mãe – disse Josh, tomando o que restou na lata. – Mas de qualquer forma, apenas um pedaço de fruta e um copo de água não têm o mesmo efeito, sabia?

O Doutor Morte

A máquina de lavar começou o ciclo e Josh subiu para trocar a roupa da escola. "Gostaria de saber porque a pequena esfera de plástico nunca derrete..." – ele pensou enquanto alcançava o topo da escada.

– Josh! – chamou a mãe, gritando com ele. – Não ouviu o que eu disse? Amanhã vou levar você para consultar-se com o nosso novo médico, o dr. Blair, eu acho que esse é o nome dele, para ver se ele pode fazer alguma coisa para melhorar a sua pele. Vou levar você direto depois da escola, ok? E, pelo amor de Deus, não conte que você se entope de barras doces e latas de refrigerante. *Eu* vou ter essa conversa com ele, se você não se importa.

"Pode deixar que *eu* falo" – Josh falou para si mesmo. Será que ela estava brincando? Com a mãe por perto, ninguém jamais tem a chance de falar *qualquer* coisa, e ainda menos ele. Atirou-se em cima da cama e espreguiçou-se até alcançar com a mão o pequeno espelho na mesa de cabeceira. Estava bem melhor das espinhas, pensou, quando se examinou no espelho. Claro, a testa parecia um desastre, mas se deixasse o cabelo um pouco mais comprido, e lembrasse de pentear de um certo jeito, praticamente cobria todas as espinhas. Calma, não faria mal nenhum passar pela consulta com esse

Hora do Espanto

cara novo. Talvez ele viesse com alguma novidade desconhecida pelo velho dr. Feldman. O velhote havia parado de clinicar, bem mais tarde do que deveria, de acordo com a mãe, e esse novo cara devia estar chegando para substituí-lo.

– Dr. Blair, não é? – ele falou. – Bem, então, vamos ver se você sabe das coisas.

Capítulo 3
O Doutor Popular

No dia seguinte, Charlie não foi à escola.

– A mãe dele disse que ele estava... Como foi mesmo que ela disse? – Kevin riu.

– Oh, sim, com a *barriguinha desarranjada...* – ele concluiu, fazendo uma imitação jocosa da voz da mãe de Charlie.

– Quando eu o chamei hoje de manhã, foi o que ela disse! Ela não falou: *Sinto muito, Kev, ele não sai do assento da privada do banheiro*, nem: *Sinto muito, Kev, ele está derretendo até o fim*, mas exatamente: *Sinto muito, Kev, ele está com a barriguinha desarranjada! Provavelmente depois de tantas emoções ontem...*

Josh e Simon também riram, lembrando do quanto tinham se divertido quando Charlie voltou para a escola, soltando fortes ruídos de gases na aula, colocando rolos de papel higiênico na mochila escolar, e assim por diante.

Josh sentou sozinho durante a aula de Geografia, pois normalmente era o ausente Charlie quem sentava ao lado dele nessa aula. Mas não se importou nem um pouco, pois passou a aula inteira olhan-

Hora do Espanto

do fixamente atrás da cabeça de Karen Summers. Ele havia escolhido especialmente aquele lugar no começo do semestre. Era a única aula que frequentava junto com Karen, e ele estava determinado a sentar perto dela pelo menos meia hora duas vezes por semana. Quando o sinal tocou anunciando o fim da aula, ela se levantou para guardar os livros e virou para ele.

– Parabéns. Jogou muito bem ontem, você foi brilhante. Deve estar orgulhoso.

Ela sorriu, e esperou para ver o que o garoto diria.

– Puxa, obrigado – ele murmurou, colocando-se de pé.

Ele forçou o cabelo conscientemente, jogando-o para frente, para esconder as horríveis espinhas na testa. Quando se levantou, tombou a cadeira, que por sua vez tombou a cadeira de trás que então empurrou a mesa.

– Sinto muito, sinto muito – ele gaguejou, enrubesceu violentamente e virou-se para ajudar quem tinha tombado atrás dele.

A mesa e a cadeira estavam vazias, um fato que antes ele tinha percebido muito bem, mas que esqueceu com a atrapalhação. Ao endireitar a mesa e a cadeira, tossiu para disfarçar o mal-estar e virou-se de novo para Karen, tentando desesperadamente pen-

O Doutor Morte

sar em algo inteligente e engraçado para dizer. Ela tinha sumido.

Ele foi praticamente o último a sair da sala, além do patético Jones, o bichinho de estimação, o queridinho do professor, que ficava sempre na frente da turma para perguntar aos professores uma coisa ou outra. Karen, a bela, a perfeita Karen, tinha ido embora.

Lamentando muito, ele pegou seus livros e saiu. Queria chutar a si mesmo. Mas que idiota! A chance de sua vida queimada! Achou melhor não contar ao Simon, ou ele ia ficar maluco. Depois de tudo, não era isso o que merecia? Sexta-feira à tarde, penúltima aula, e ele detonava o que poderia ter sido seu primeiro encontro de sábado à noite com Karen. Ficou sem a menor ideia do que o professor de História disse na aula seguinte, pois não parou de se martirizar inúmeras vezes.

Finalmente, depois do que pareceu uma eternidade, o sinal tocou e ele pôde sair da escola. Quando chegou aos portões, ficou surpreso ao ver o carro da mãe estacionado lá fora. Ela buzinou ruidosamente, avisando para ele se apressar. Ele tinha esquecido: a consulta do médico.

Se bem que, considerando a maneira como ele havia se comportado com Karen, pouco importava se estivesse coberto de espinhas da cabeça aos pés.

Hora do Espanto

Ele imaginava muitos furúnculos imensos, quando atravessou a estrada. Alguns com cabeças brancas, outros com grandes cabeças verdes vazando pus, por causa do excesso. O rosto inteiro podia também ser uma enorme espinha, com veneno verde *e* amarelo escorrendo dele.

– Oi, mãe – ele disse quando abriu a porta do carro. Verificando o espelho e ligando o motor do carro, a sra. Stevens ganhou distância.

– Oi, também para você – ela sorriu. – E o que o deixou tão infeliz num dia tão bonito?

Josh não se importou e olhou para fora da janela.

– Falei com a mãe do Charlie hoje. Você não me contou que a sua equipe ganhou o troféu de basquete ontem, nem que você marcou o ponto da vitória...

– Contei, mãe – retrucou Josh. – Só que você não escutou...

– Eu disse à Marjorie esta manhã, que isso agora é típico do meu filho. Nunca me conta nada que pode ser importante, passa todo o tempo trancado no quarto, hibernando, fazendo visitas ocasionais à cozinha para assaltar a geladeira. Marjorie disse que provavelmente ela própria também não teria sabido de nada se Charlie não tivesse chegado na noite passada com a barriguinha desarranjada, como ela disse, e que aparentemente isso acontece

O Doutor Morte

quando ele fica superagitado. Ela disse que vocês todos ganharam medalhas, e que era a primeira vez que recebiam a taça em... quanto tempo? Ah! sim, sete, isso mesmo...

Josh levantou os olhos para os céus e continuou a olhar para fora da janela. Ele se questionou por um instante se Karen seria capaz de rosnar daquele jeito. Horrorizado, afastou tal pensamento muito rapidamente. Não, decidiu, essa característica era exclusiva da mãe dele, com certeza, era simplesmente a mãe sendo mãe.

Ao chegar no consultório, nem Josh nem a mãe podiam acreditar no que viam. O estacionamento estava lotado, e havia carros estacionados em fila dupla em ambos os lados da estrada.

– Céus! – respirou fundo a sra. Stevens quando circularam o estacionamento pela terceira vez. – Deve ser algum tipo de epidemia. Nunca vi um consultório tão cheio na minha vida...

Josh teve que concordar, nem mesmo o evento anual de verão que acontecia nas dependências da escola atraía tanta gente quanto aquilo. Gostaria de saber onde todo mundo estava indo.

– Olha, mãe, bem ali – apontou.

– Ah! sim, querido, bem pensado. A dona da padaria havia acabado de sair do consultório e estava

Hora do Espanto

se preparando para retirar o carro do estacionamento. – Gostaria de saber o que foi que houve com ela... – a sra. Stevens pensou em voz alta.

– Ela não *parece* doente, devo dizer.

Josh e a mãe ficaram confusos quando abriram a porta do consultório. Não havia um lugar para sentar!

Mães com crianças esperneando no colo sentavam-se junto de moças com bebezinhos, que por sua vez estavam sentadas ao lado de senhoras idosas, artríticas, que se agarravam em suas bengalas como se fossem alavancas de câmbio.

A recepcionista, normalmente calma, estava muito atarefada, com o telefone que não parava de tocar, a campainha disparada, e pessoas solicitando consultas ininterruptamente. Quando Josh e sua mãe se aproximaram do balcão, a recepcionista terminava uma ligação.

– Sim, tudo bem, sra. Collins, daqui a duas semanas, na segunda-feira às 9h30. – Ela procurou a caneta freneticamente. Josh apontou para sua orelha, ela olhou para ele achando engraçado. Levantou a agenda e olhou embaixo, antes de verificar no bolso. Josh novamente deu uma pancadinha ao lado da cabeça, um pouco acima da orelha.

– Sinto muito, sra. Collins, só um momento, acho que perdi a caneta.

O Doutor Morte

Ela tocou com a mão no lado da cabeça e afinal localizou o objeto desaparecido. Sorrindo, ela agradeceu ao garoto, marcou a consulta, despediu-se da pessoa que chamava e recolocou o fone de ouvido. Empurrando o cabelo da frente dos olhos, ela olhou intrigada para a sra. Stevens.

– Ah!... Josh Stevens – disse a mãe. – Temos uma consulta com o dr. Blair às 16h30.

A campainha disparou. A recepcionista verificou a agenda e então se inclinou para a frente para chamar pela divisória de vidro.

– Sra. Burns, o dr. Blair vai atender você agora. – Ela acompanhou a mulher até a sala do médico e então virou em direção a Josh.

– Estamos atrasados, correndo um pouco atrás do horário. Estamos muito ocupados, como pode ver, mas você pode se sentar, se encontrar uma cadeira vaga. Estou certa que o doutor não vai demorar muito.

Josh estava a ponto de dizer que voltaria outro dia, mas pelo jeito a mãe, é óbvio, gostou da ideia de ficar ali sentada durante horas a fio lendo revistas antigas, já que apenas sorriu, agradecendo a recepcionista e foi procurar uma cadeira.

Josh nunca ficou tão entediado em toda a vida. Tentou passar os primeiros 15 minutos de espera sem precisar respirar o mesmo ar que os gêmeos que

Hora do Espanto

sentaram do lado direito. Eles pareciam ter um caso grave de catapora, e Josh seguramente não queria ser atormentado com aquilo. Ele tinha espinhas em quantidade mais que suficiente contra as quais lutar.

Depois disso, ele tentou fazer a média para ver se tinha comido mais barras de chocolate Snickers ou Hershey's na semana (estava aprendendo tudo a respeito de médias na aula de Matemática nessa ocasião e apresentava a tendência de praticar a teoria exatamente a respeito de tudo, inclusive quantas visitas fazia ao banheiro no período de uma semana). Mas não deu muito certo, pois não conseguia lembrar se na quarta-feira foi Hershey's, ou se nesse dia houve um desvio para Milky Way.

Observou a mãe e perguntou-lhe se não era válida a sugestão de irem embora. Ela estava roendo a unha do polegar esquerdo, do jeito que sempre fazia quando se concentrava em algo. Inclinando-se mais perto, Josh conseguiu ver que ela estava imersa em um artigo intitulado: *Será Que o Seu Parceiro Realmente Presta Atenção?* Nem pensar na sugestão de irem embora. Ele suspirou, remexendo-se desconfortável na cadeira.

O lugar também começou a ficar quente. Ele puxou a gola do blusão de moletom. Logo teria que tirar a jaqueta.

O Doutor Morte

– Não fique irrequieto, Josh – disse a mãe conscientemente ausente, sem desviar os olhos da revista.

– Sra. Stevens! – chamou a atarantada recepcionista de rosto vermelho.

– Sra. Stevens, o dr. Blair vai atendê-la agora.

– Oh! Certo... – A mãe levantou-se com um solavanco, cravando os dentes da frente direto na unha do polegar esquerdo quando isso aconteceu.

– Droga! – ela murmurou involuntariamente.

Depois, alisou a saia, sorriu para se desculpar com os pacientes que esperavam nos quais esbarrou quando passou e, com Josh seguindo logo atrás, entra na sala do dr. Blair.

Capítulo 4

O Doutor Perfeito

– Sra. Stevens, imenso prazer em conhecê-la! – O dr. Blair se levantou e caminhou em direção a eles, com a mão estendida para a mãe de Josh. – Você deve ser Josh – e sorriu para o garoto, ainda segurando na mão da sra. Stevens. Josh olhou para a mãe, notando que ela não parecia estar tentando muito se livrar do cumprimento do médico.

– Por favor, sentem-se... – continuou o médico, quando finalmente soltou a mão da sra. Stevens e fechou a porta.

Barbara Stevens ficou perplexa. Agora sabia porque a sala de espera estava totalmente repleta de mulheres. O cara era lindo de morrer! Pelo menos 1,90 de altura, um cabelo castanho um pouco desarrumado, e os mais penetrantes olhos azuis para os quais ela já tivera o prazer de olhar.

Josh cutucou-a bruscamente com o cotovelo.

– O que houve? Oh, sinto muito, dr. Blair. Você me perguntou alguma coisa?

Trocando de cadeira, a sra. Stevens limpou a garganta e tentou se concentrar no que o médico di-

Hora do Espanto

zia, em vez de olhar fixamente os profundos olhos azuis dele.

O médico sorriu, um sorriso lento, indolente, que iluminava seu rosto inteiro. Então, ele pegou a caneta antes de abrir a ficha de Josh.

– Como posso ajudá-los hoje? – repetiu, olhando da sra. Stevens para Josh, depois voltando novamente para a sra. Stevens.

Reunindo sua compostura, a sra. Stevens se inclinou sobre Josh e afastou o cabelo dele do rosto.

– É a pele, dr. Blair. Espinhas, sabe, em grande quantidade...

– Nem são muitas, mãe – Josh corou, embaraçado. Ignorando-o, a mãe continuou: – Elas podem ficar muito pior que isso, e às vezes o rosto inteiro é afetado. Eu só gostaria de saber se existe algum creme que você poderia recomendar que ele usasse, diferente daquele que ele tem usado atualmente. Ele pode ser um pouco sensível, você sabe, na idade dele, começa a se interessar pelas meninas, embora fingindo o contrário, não é mesmo, filho?

Ela sorriu e piscou para Josh, como se compartilhassem algum tipo de segredo especial. Era isso. A suprema humilhação. Josh queria morrer. Para começar, a mãe ficou toda boba para cima do novo médico, depois teve que sentar ali para expor todas

O Doutor Morte

as espinhas dele, e agora revelava o novato que ele era com garotas! Josh corou até os ossos, sabendo que aquilo só fazia as espinhas se destacarem ainda mais, como pústulas vermelhas e irritadas agrupadas em conjunto em sua testa.

O médico se levantou e foi olhar mais perto, embora Josh achasse que ele poderia perfeitamente ter visto muito bem do outro lado da mesa, tão grandes ele imaginava que suas espinhas agora pareciam. Ele se curvou e examinou atentamente a testa do mortificado garoto.

– Ah, sim! – ele resmungou. – Apenas uma forma leve de acne. Nada que possamos tratar aqui.

Acne... pensou Josh. Acne! O velho dr. Feldman não tinha dito que era acne. Apenas algumas espinhas de adolescente, ele disse. Não acne! Que coisa horrível. Ele não podia contar isso aos colegas. E se Karen descobrisse? Ela nunca sairia com um garoto com acne, herói do basquete da escola ou não! Precisava manter isso em *total* segredo.

Ele virou-se para ouvir o que o médico dizia, ao mesmo tempo em que fazia para si mesmo a promessa silenciosa de jamais comer chocolate, e nem tomar bebidas gaseificadas novamente, nunca mais!

– Nem precisa ir até a farmácia. Eu tenho uma pomada já pronta aqui, sra. Stevens – disse o dr. Blair.

Hora do Espanto

Ele pegou um pequeno pote de pomada clara na gaveta e colocou-o sobre a mesa de trabalho na frente do garoto.

– Aí está, Josh. Basta esfregar isso nas espinhas toda noite antes de deitar e logo você sentirá a diferença, isso eu posso lhe garantir.

A sra. Stevens pegou o pote e o colocou na bolsa.

– Muito obrigada, dr. Blair, foi muito gentil. Devemos marcar outra consulta de retorno, quem sabe, só para ver como ele está progredindo?

Ela colocou a cabeça de lado quando se levantou, e a voz parecia boba e sibilante quando ela falou. Josh queria estar doente. A mãe *paquerava* o médico! Era a mais completa confusão. Ela sempre fazia esse jogo de *cabeça-de-lado* e *voz-um-pouco-sibilante* quando gostava de alguém. Já tinha visto aquilo antes e toda vez ele queria sumir.

– Não deverá ser preciso, acredito que não – respondeu o médico. – Mas se sentir necessidade de outra visita, nesse caso, então, sim, ficarei encantado de vê-los.

Ele abriu a porta e novamente apertou a mão da sra. Stevens.

– Foi realmente um prazer – ele disse. – A gente se vê novamente dentro em breve.

O Doutor Morte

– Obrigada, dr. Blair, eu lhe agradeço – a mãe cumprimentou quase tropeçando em um brinquedo deixado no chão da sala de espera. Recuperando o equilíbrio, ela sorriu agradecendo mais uma vez e eles se retiraram.

"Todo mundo vai pensar que ele realizou uma cirurgia de coração que salvou a minha vida no consultório, do jeito como ela se comportou" – Josh pensou quando também saiu da sala.

– Espinhas, Josh? – o médico falou baixinho. Josh virou para olhar para ele. – Você ainda não viu nada...

Em seguida, pressionando a campainha, pediu para o próximo paciente entrar.

– O que foi que você disse? – perguntou Josh, que imaginou estar ouvindo coisas.

Com um rosto de pedra agora, o sorriso galanteador bem distante, o dr. Blair espiou o garoto de relance.

– Feche a porta, foi o que eu disse. Está causando uma corrente de ar.

Capítulo 5
Diferença Espinhosa

Josh arremessou um miolo de maçã na lixeira. Em sua mente, ele resolveu firmemente que estava virando uma nova página. Nunca mais comida cheia de calorias, e aplicação de pomada toda noite. Estava decidido a se livrar de uma vez por todas das espinhas, e determinado a jamais fazer outra visita ao consultório do dr. Blair. Aquele dia tinha sido a suprema humilhação para ele, e se a mãe quisesse ver o bom médico novamente, teria que ir por conta própria.

Josh seguramente não queria ser acompanhado por ela, com certeza. E aquela observação final, isso *sim* foi estranho. Ele não sabia se estava imaginando coisas ou não, mas mesmo que tivesse imaginado as palavras de despedida do médico, seguramente não imaginara aquele olhar no rosto dele.

"Uma mudança completa de quando minha mãe estava por perto" – o garoto pensou quando abriu a tampa do pote e enfiou o dedo na pomada. – E vamos nessa, então – disse ao reflexo quando come-

Hora do Espanto

çou a esfregar o creme na testa. – Quanto a você, dr. Blair, faça o pior!

Ao pular da cama na manhã seguinte, calou a voz de Bart Simpson do despertador. Bocejou sonolento e se aconchegou de volta sob os cobertores.

"Só mais dez minutos" – pensou, como fazia todas as manhãs, sabendo muito bem que a mãe o acordaria se não aparecesse para o café a tempo.

Escondido feito uma lagartixa embaixo do acolchoado, ele se permitiu acordar lentamente, deixando que os pensamentos do que prometia aquele dia fluíssem em sua cabeça.

– Sábado – ele pensou feliz.

– Entregar jornais, depois voltar para um enorme café, daí encontrar Simon e o resto da turma para matar o tempo no shopping. Talvez até espiasse Karen por lá, se tivesse sorte. – Espiar... Espinhar! – associou, de repente alerta. Tinha esquecido do creme de espinha. Queria saber se tinha funcionado. Pulou para fora da cama, tropeçando e fazendo a mãe engasgar na mesa do café no andar de baixo, e correu para o espelho da penteadeira para dar uma olhada.

Respirou fundo. – Caramba! Não posso acreditar nisso. Não, não! – berrou.

– Mãe, vem cá, você tem que me ajudar. Mãe, venha depressa, por favor.

O Doutor Morte

Babs Stevens subiu dois degraus da escada de cada vez. Ele devia ter caído quando ela ouviu o estrondo, e ela achou que ele estava apenas querendo chamar a atenção como de costume.

Senhor, ele provavelmente rachou a cabeça na mesa de cabeceira!

– Josh – ela voou para o quarto. – O que foi, querido, o que há de errado? – Ela parou onde estava. O garoto parecia bem, ajoelhado na frente do espelho da penteadeira sem um arranhão visível.

– Josh Stevens – ela advertiu, sentando na beira da cama dele para recuperar a respiração. – Quase me matou de susto! Pensei que algo estivesse errado, que você tinha caído e se machucado...

– Deu errado! Deu errado! É claro que há algo errado. Veja o meu rosto, ou o que sobrou do meu rosto. Conhece a expressão: *não é possível ver as árvores no meio da floresta*? Pois bem, que tal: *não é possível ver o rosto no meio de tantas espinhas*!

A sra. Stevens olhou o filho mais de perto. – Oh, sim – ela concordou. Sei o que você quer dizer. Tem *um pouco mais* nesta manhã. E isso na ponta do seu nariz é mesmo pus verde ou amarelo?

Ela se curvou para a frente para tocar no rosto de Josh e ele afastou-a rapidamente.

Hora do Espanto

– Não toque nelas, mãe, você vai espalhá-las ainda mais. – Ele virou-se de novo para o espelho, horrorizado.

– Um pouco mais! Bem, essa foi a subestimação do século. O enxame de bolhas vermelhas de ontem agora se multiplicou, e não só a testa foi afetada. – Eram algumas isoladas nas bochechas, uma terrível na ponta do nariz, e as da testa haviam dobrado de tamanho e alternavam-se com bolsões cheios de pus verde ou amarelo. Ele simplesmente não podia acreditar no que via.

– Não posso sair desse jeito, mãe. As crianças vão tomar um susto, os cães e os gatos vão fugir apavorados, meus amigos não podem querer serem vistos comigo, e se eu encontrar a Karen?

Horrorizado com a perspectiva de dar de cara com a garota que ansiosamente almejava ver de frente apenas poucos minutos antes, Josh balançou a cabeça consternado. A mãe se aproximou para dar-lhe um tapinha de consolo nos ombros.

– Josh, Josh, vamos com calma, agora. Não é tão ruim quanto você pensa. Depois de lavar o cabelo e secar a testa do jeito que faz normalmente, não vai parecer tão ruim, sinceramente.

– É esse novo creme – Josh disse aborrecido. – Eu jamais devia ter ouvido você e o novo médico. A minha pele não estava tão ruim ontem, e olhe para

O Doutor Morte

mim agora: parece que passei horas me maquiando para participar de um filme de Freddie Krueger!

A sra. Stevens reprimiu um sorriso e pegou o pote de creme.

– Ouça, Josh – ela disse com delicadeza. – Aqui diz de um lado do pote que *pode levar a uma pior condição antes de qualquer melhora ser vista*. Veja bem: precisa piorar antes de melhorar. Sua vó costumava dizer isso, não lembra?

– Claro, eu lembro – Josh disse irritado. – Só que eu achava que eram apenas histórias de gente velha.

– Bem, pode existir alguma verdade nisso – disse a mãe ao recolocar o pote sobre a penteadeira. – Olha, filho, tente ver o lado positivo da coisa. É sábado, certo? Você aplica o creme hoje à noite novamente e então vai ter o domingo inteiro para se lamentar pela casa parecendo espinhoso e sentindo-se horrível. Depois, você aplica o creme no domingo à noite e, pronto, na manhã da segunda-feira você vai se levantar para ir à escola com a pele mais limpa e mais sem espinhas do mundo. Então, você passa os dias piores no fim de semana em casa e os melhores dias de volta à escola com seus amigos onde realmente importa.

O garoto olhou para ela confiante. – Acha realmente isso, mãe? Acha que isso vai mesmo acontecer?

– Bem, tudo é possível, não é mesmo? – a mãe respondeu, escondendo os dedos cruzados nas costas.

Hora do Espanto

– Venha, vamos, você tem uma entrega de jornais a fazer. E sem reclamar! – E colocou os dedos nos lábios do filho, interrompendo seus protestos.

– Você *não* parece tão mal quanto pensa, querido, e, de qualquer modo, meio mundo ainda está dormindo. Vamos lá, tome um banho e saia. Vou fazer um enorme café para esperar você na volta, então, vá abrir o apetite!

Josh girou a torneira do chuveiro e começou a cantarolar uma melodia. A sua mãe estava certa. Ele teria o fim de semana inteiro para se livrar das espinhas, e a perspectiva de se livrar totalmente delas quase não podia ser expressa por palavras.

Talvez ele devesse aplicar o creme com mais frequência que apenas uma vez à noite. Sim, era o que ele devia fazer: aplicá-lo de poucas em poucas horas só para acelerar o processo continuamente. Ele deixou a água quente escorrer no cabelo e nas costas. Puxa, quase não podia esperar até segunda-feira de manhã.

Ao chegar no shopping mais tarde naquele dia, Josh ficou ao mesmo tempo surpreso e satisfeito de ver Charlie junto com Kevin e Simon por lá.

– Ei, Charlie! – chamou. – E aí?

Charlie virou em direção ao amigo e sorriu sem graça.

O Doutor Morte

– Caramba, você está horrível! – afirmou Josh, consternado.

Ele também ficou. O rosto parecia mais fino, de certa forma seus olhos pareciam enterrados nas órbitas, e a palidez do rosto tendia inconfundivelmente para o lado cinza.

– Obrigado, Josh, você sabe fazer um cara se sentir melhor, com certeza...

– Sinto muito – disse Josh. – Eu não queria dizer que... É só que você normalmente parece...

Charlie segurou na mão do amigo para acalmá--lo. – Está tudo bem, Josh, é sério, tudo bem! Eu sei o que pareço. Não é grande coisa, devo admitir. Mas não contem para a minha mãe que eu falei isso. Já foi uma missão muito difícil convencê-la a me deixar sair hoje...

Josh e os outros confirmaram que sim, acenando com a cabeça, compreensivos. Acima de tudo, sabiam como eram as próprias mães.

– De qualquer forma – Charlie continuou –, ontem foi horrível. Na verdade, fiquei tão mal ontem à noite que minha mãe me colocou no carro às pressas e me levou ao médico, esse cara novo, você sabe, o dr. Blair. Então ele me examinou e me deu uns sachês de umas coisas para eu tomar três vezes ao dia. Disse que resolveria. Estranhamente, porém, já to-

Hora do Espanto

mei dois sachês hoje, mas posso dizer que estou me sentindo bem pior!

– Pois o que é estranho vem agora... – começou Josh. – Porque ontem eu também me consultei com o dr. Blair. Muito estranho, cara, eu pensei, não sabia se tinha gostado dele ou não, embora a minha mãe não pareça ter o mesmo problema.

– Oh, não, a sua também! – disse Charlie. – Eu queria *vomitar* no balde mais próximo do jeito que a minha mãe queria agradá-lo. Soltava o cabelo, fingia ser mais jovem, e nem conseguia parar quieta na cadeira.

– Sei exatamente do que você está falando – Josh concordou. – O tipo de comportamento que você espera de uma adolescente. Bem, de qualquer modo, esse dr. Blair me deu uma pomada para passar nas minhas espinhas, e disse para aplicar toda noite. Acontece que quando acordei hoje de manhã... – teve que parar.

– Charlie, está tudo bem?

– Estou bem, Josh – Charlie conseguiu falar entre os dentes, com o rosto se contorcendo de dor. – Eu só quero ir até o banheiro, só isso. Vou ficar bem.

Apertando o estômago, Charlie começou a se dirigir à escada rolante que o levaria aos banheiros localizados no andar inferior. Infelizmente, os ra-

O Doutor Morte

pazes foram atingidos pelo fedor de algum gás indesejável que escapou um pouco antes de Charlie mudar de direção.

– Ah! Cara... – disse Kevin, segurando o nariz dramaticamente. – Vamos dar o fora daqui.

Alguns ruídos altos também se desprenderam, vindos da direção de Charlie, quando ele tentou se apressar rumo à escada rolante.

– Vamos nos encontrar no quiosque de rosquinhas Donut – berrou Simon quando os três se afastaram. Virando para Josh, ele acrescentou: – Não é por nada, mas acho que sua mãe estava certa a respeito de você ficar longe do açúcar, Josh. Hoje o seu rosto está um desastre.

– Obrigado, Si! Que bom que eu posso contar com você para melhorar a minha autoestima sempre que preciso...

Capítulo 6
Mudança para Pior

Na segunda-feira de manhã, quando Simon chegou na casa de Josh, este enterrou a cabeça com firmeza embaixo dos cobertores e se recusou a descer ao andar inferior.

– Ele ainda está na cama, Simon – disse a sra. Stevens. – Suba para vê-lo se quiser.

– Obrigado, sra. Stevens, eu vou – disse Simon, passando por ela para subir a escada. A sra. Stevens recuou contra a parede. Que diabos era aquele cheiro?

– Simon, você pisou em sujeira de cachorro? Deixe-me ver os seus sapatos.

Simon parou e exibiu as solas de ambos os pés dos sapatos. Limpas. Afastando o rosto, ele murmurou: – Não são os meus sapatos, sra. Stevens, quem me dera que fosse...

Aconteceu novamente, o mesmo cheiro. Talvez viesse de fora. Ela abriu a porta maior para verificar, e Simon aproveitou a oportunidade para subir a escada rumo ao quarto de Josh, que ainda estava debaixo dos cobertores quando o amigo chegou.

Hora do Espanto

– Vá embora, Simon. Eu não vou a lugar nenhum hoje, e nem pelo resto da minha vida por esse motivo. Agora eu *realmente* pareço alguma coisa que saiu de um filme de horror.

Simon sentou na cama ao lado do amigo.

– Sei exatamente o que você quer dizer, Josh. E acredite em mim, o melhor lugar que você poderia estar, neste momento, é debaixo dos cobertores e longe do cheiro do meu hálito!

Essa afirmação fez Josh se mover ligeiramente, embora não o suficiente para colocar a cabeça para fora do esconderijo. A voz dele saía abafada.

– O que você quer dizer com isso, Simon? Que cheiro é esse?

– Se eu mencionar o nome do dr. Blair, você vai entender o que estou querendo dizer.

Mais agitação embaixo dos cobertores.

– Minha mãe ia ao médico no sábado à tarde, e eu fui com ela, mais por curiosidade depois do que você e Charlie disseram a respeito dele. E vocês estavam certos sobre o sr. Perfeito, aos olhos da minha mãe pelo menos. Ela achou-o totalmente lindo e eu acredito que, a julgar pelo número de mulheres na sala de espera, metade da população da cidade também. De qualquer forma, ele tratou do problema da

O Doutor Morte

mamãe, e depois prestou atenção em mim: – E a respeito de você, rapaz, está com a saúde perfeita, ou há alguma coisa que eu possa ajudá-lo? – ele disse. Então, quando eu estava prestes a dizer que comigo ia tudo bem, a minha mãe se intrometeu e contou a respeito da verruga no meu pé. Quer dizer, eu tenho essa coisa há séculos, estou tratando por conta própria com pomada de verruga, e simplesmente não havia problema nenhum. Cá entre nós, porém, eu acho que a minha mãe só queria prolongar a visita e ficar mais tempo se babando para aquele cara.

– Quando contei a ele como estava tratando o meu pé, ele disse que tinha um remédio melhor e me deu um pequeno frasco de comprimidos: *Tome dois desses por dia*, ele me disse, e *antes que perceba, o seu problema estará resolvido*. Foi o que fiz, sábado e domingo. Mas, ontem à noite, comecei a reparar nisso, quer dizer, a sentir esse cheiro. – Ele suspirou entediado. – Vamos, Josh, coloque a cabeça para fora dos cobertores. Prometo que não vou rir. Tenho problemas mais sérios, pode crer.

Lentamente, Josh sentou na cama, revelando o rosto agora quase totalmente coberto por enormes espinhas vermelhas, amarelas e verdes. Simon deixou escapar um longo assobio.

Hora do Espanto

– Uau, rapaz, com certeza ele fez um ótimo serviço em você.

Josh mergulhou de volta nos cobertores.

– Ei, Simon, você não estava brincando sobre o fedor. Será que pode abrir a janela, por favor?

Ofendido, mas compreendendo totalmente o pedido de Josh, Simon abriu a janela o mais rápido que pôde.

– Ok, Josh, está aberta. Assim o cheiro vai embora, e você pode sair daí de novo.

Josh tirou a cabeça para fora dos cobertores.

– Vá em frente, então – ele instigou –, e explique a observação *com certeza ele fez um ótimo serviço em você.* Exatamente o que você quer dizer com isso?

– É o dr. Blair, Josh, é isso o que eu quero dizer. Não pergunte o motivo, já que não sei a explicação, mas esse cara está querendo nos pegar. Você, eu, Charlie, olhe para nós. Cada um atormentado com algo horrível e embaraçoso logo depois de passar pelo consultório dele. O meu hálito está tão ruim que é quase como se tivesse transferido o chulé dos meus pés depois de pendurar os meus tênis após um jogo inteiro de basquete para a minha boca. A sua mãe pensou que eu tivesse pisado em alguma meleca, isso é muito ruim.

O Doutor Morte

Josh não podia contestar isso. Apesar da janela totalmente aberta, ficou contente quando o amigo parou de falar e, portanto, de espalhar aquele cheiro ruim de mau hálito por toda parte no quarto. Logo ele também ficaria muito agradecido.

– E tem mais – continuou Simon. – Encontrei o Jones, o bichinho de estimação, o queridinho dos professores, no caminho para cá, e ele exalava cê-cê, cheiro de corpo, sabe. Ele até pode ser insuportável, mas nunca antes sofreu de cê-cê. E eu *o vi* no consultório do dr. Blair no sábado à tarde, então se isso não diz nada para você, nada mais vai dizer!

Josh balançou a cabeça incrédulo.

– Mas por que, Simon? Porque um médico *quer* pessoas doentes, em vez de tentar curá-las?

Simon deu de ombros – Não sei, Josh. Isso não faz o menor sentido para mim também. O que eu sei, porém, é que o nosso dr. Blair não é o gentil cavalheiro que nossas mães acreditam que seja. Enquanto elas estão desmaiando pelos cantos, o dr. Blair vai distribuindo todo tipo de poções estranhas que cause mais complicações do que alguém poderia imaginar. E ele tentou prender os meus dedos na porta quando eu estava saindo, mas fui mais rápido que ele.

Hora do Espanto

Josh olhou para o amigo em dúvida. – Vamos, Si, isso é um pouco de infantilidade, não é mesmo? O médico tentando prender os seus dedos na porta?

– Sei o que parece, Josh – disse Simon, esquecendo de falar em direção à janela, e fazendo Josh cambalear contra a cabeceira –, mas estou lhe dizendo que ele fez isso. E o olhar no rosto dele na hora que eu estava me retirando não era nada agradável, posso lhe garantir.

Josh lembrou das palavras de despedida do médico para ele no final da consulta, quando imaginou que teria ouvido mal. E repetiu as palavras para Simon.

– *Espinhas! Você ainda não viu nada...* E, cara, ele estava mais certo que nunca! – disse Josh, dando uma olhada rápida em si mesmo no espelho. Os dois amigos sentaram em silêncio por uns minutos, cada qual com seus próprios pensamentos.

– Fala sério! – disse Josh afinal. – Minha mãe determinou que eu fosse à escola hoje. Ela está brincando... Então vamos fingir que estamos indo para a escola, mas vamos visitar o dr. Blair, e ver se conseguimos descobrir exatamente o que ele está tramando. Só vou tomar uma ducha rápida e saímos.

Assim que pulou da cama, a porta do quarto abriu, e Charlie e Kevin entraram. Charlie estava

O Doutor Morte

mais pálido que nunca e sentou-se bem devagar na cama. As muitas visitas dele ao banheiro haviam deixado suas *partes baixas* um tanto *inflamadas*, como a mãe dele disse. – Vermelho puro – era o mais próximo que Charlie conseguia descrever.

– Que cheiro estranho é esse por aqui? – e olhou para Josh. – Não sou eu! Acabei de chegar...

Simon virou-se da janela. – Acho que sou eu, caras, e receio que teremos de conviver com essas coisas até encontrarmos remédios para nossas doenças.

– Vou para o chuveiro – disse Josh quando saía do quarto.

– Vou deixar Simon colocando vocês a par do que estávamos conversando. – Quando ele passou pelo Kevin, parou para olhar mais perto. – O que é isso na ponta do seu nariz, Kev, um tumor?

Consciente no tocante ao novo furúnculo em desenvolvimento na ponta de seu nariz, Kevin acenou com a cabeça, confirmando.

– Rinite alérgica – ele disse. – Foi só por isso que fui até lá. Alguns comprimidos para rinite e, agora, olhem para mim!

Capítulo 7

Um Plano em Desenvolvimento

Os quatro rapazes seguiram rumo ao parque local, fazendo um longo desvio em torno da escola, esperando não serem notados pelos professores, ou pelos pais por causa disso. O funcionário do parque não pareceu se importar quando eles foram para a trilha. Como frequentavam o parque há anos, todos sabiam exatamente o caminho a seguir, e também sabiam que a trilha seria bastante segura para escapar de olhares indesejáveis dos curiosos. Sentaram-se de pernas cruzadas. Charlie fez uma careta quando se sentou ao lado dos amigos. Quando antes eles estariam caçoando do infortúnio dos amigos, agora tendo sido eles próprios atingidos estavam um pouco mais simpáticos.

– Ok, caras – começou Josh. – Temos que bolar um plano para descobrir exatamente quais são as intenções do bom médico. E para nos livrarmos dessas doenças. Eu quero dizer, olhem para nós: somos a turma mais estranha que alguém já viu. Embo-

Hora do Espanto

ra ache que está tudo certo, Simon, seria bom você aprender a linguagem dos sinais para manter a boca fechada pelo resto da vida.

Simon arriscou um sorriso atravessado. – Sim, certo, Josh. Sei que isso é ruim. E quero resolver essa parada. Temos que descobrir o que esse cara pretende fazer, que tipo de mixórdia medicinal ele deu a cada um de nós, e se existe alguma forma de reverter o processo.

Os rapazes acenaram com a cabeça, confirmando que estavam de acordo.

– Ok – disse Kevin. – Eis o que eu acho que devemos fazer. Nem pensar em irmos até o consultório agora. Vocês sabem como fica movimentado durante o dia. Nós precisamos mesmo é ir até lá quando a clínica estiver fechada, entrar sorrateiramente de algum modo e ver exatamente o que acontece.

– Você tem razão – concordou Charlie. – Vamos ter que ir mais tarde, à noite, quando as coisas estiverem um pouco mais calmas. Quero devolver ao dr. Blair tudo o que ele fez, quero que ele pague por todo esse sofrimento.

– É o que vamos fazer então – disse Simon. – Só sei que se vamos ficar aqui o dia todo, vamos precisar de mantimentos. Ou vamos passar fome.

O Doutor Morte

– Eu vou buscar – disse Charlie, aproximando-se. – De qualquer modo, tenho que ir ao banheiro, então vou até as lojas quando estiver fora, para comprar batatas fritas, suco de frutas, essas coisas.

Os garotos esvaziaram os bolsos e deram o dinheiro que tinham ao Charlie.

– Odeio ter que lhe contar, Kev – disse quando virou-se para sair –, mas acho que acabou de crescer outro furúnculo no seu queixo!

Então, depois de passarem o dia todo no parque, com o pobre Charlie fazendo frequentes viagens de ida e volta ao banheiro (de onde trazia relatos de ter visto adolescentes que ele conhecia das atividades esportivas com enormes orelhas couve-flor que não possuíam antes), os quatro rapazes deixaram as mochilas em casa, fingindo para as mães que tiveram um dia perfeitamente normal na escola. Encontraram-se novamente no topo da estrada que levava ao consultório e caminharam em silêncio rumo à clínica do dr. Blair.

A recepcionista atarantada acabava de sair, e de trancar as portas de fora, quando viu os rapazes se aproximarem.

– O doutor continua lá dentro? – perguntou Josh, ansioso.

Hora do Espanto

– Sim, ele ainda está lá, mas acho que não vai atender mais pacientes hoje à noite. Ele teve um dia muito cansativo, como eu também tive. Talvez vocês, rapazes, possam voltar amanhã?

Simon não se importou. – Está bem, nada que não possa esperar. Vamos voltar outra hora, não é, caras? – e piscou conspirador para os outros.

A recepcionista sorriu e terminou de trancar as portas principais.

– Adeus então – ela disse, andando em direção ao carro dela.

Ela destravou a porta, sentou-se e verificou as solas dos sapatos cuidadosamente. – Estranho! – ela pensou consigo mesma. – Há um forte cheiro de sujeira de cachorro lá atrás. Poderia jurar que pisei em algo.

– A luz do consultório continua acesa – disse Kevin.

– É ele, provavelmente planejando mais horrores para as pessoas que o procurarem amanhã. Temos que descobrir um jeito de ir até lá.

Ao rodearem o prédio, os rapazes não acreditaram na sorte que tiveram de encontrar uma janela aberta.

– Rápido! – disse Josh. – Ajudem... Vou entrar e esperar que ele vá embora. Depois, vou vasculhar por toda parte e ver se não encontro nada. Vocês ficam

O Doutor Morte

aqui e vejam se descobrem qualquer coisa quando ele sair. Verifiquem se ele sabe que estamos atrás dele. Talvez se o colocarmos contra a parede ele entre em pânico e cometa alguma estupidez.

Os três amigos, depois de assistirem a Josh saltar dentro do consultório, caminharam pelas redondezas, conversando bobagens, chutando latas vazias aqui e ali, tentando de maneira geral se comportar normalmente como fazem os adolescentes. Eles caminharam ao redor, até a frente do prédio, e viram que agora a luz estava apagada no consultório do dr. Blair. Os três saracoteavam por ali, e se apoiavam no carro dele, parecendo despreocupados, quando o médico fechou a porta do consultório.

– Afastem-se do meu carro – ele advertiu logo que os viu. – Desordeiros. Soube disso no instante em que coloquei os olhos em vocês.

Aproximando-se dos rapazes, arreganhou os dentes para Kevin, ou para os furúnculos de Kevin.

– Vejo que está dando certo – ele disse, visivelmente satisfeito. – E Charlie, como tem passado? Ainda depende do banheiro, meu garoto? – Ao pegar as chaves do carro no bolso, ele murmurou quase para si mesmo: – Isso aí nunca me deixa na mão, sempre funciona que é uma beleza...

Hora do Espanto

– Então você admite, não é mesmo? – perguntou Simon. – Fez isso conosco deliberadamente. Mas, por quê? Por que haveria de fazer uma coisa dessas?

– Ah! – o médico recuou. – Esse também vai bem... – ele disse, tampando o nariz e dando um passo atrás. – É realmente o pior mau hálito com que me deparo há muito tempo. Você não deve ser muito popular com quem gosta de bons aromas, não é, Simon?

Charlie puxou-o pela manga. – Você tem que nos dar alguma coisa para neutralizar esses efeitos, doutor, por favor. Não vê que estamos sofrendo muito?

Com desdém, o dr. Blair soltou a mão de Charlie da manga do paletó.

– Como se atreve a me tocar? – ele sibilou para o garoto. – E não me diga que eu *tenho* de ajudar você! Por que acha que fiz isso, afinal de contas? Gosto de ver o sofrimento de vocês. Acham que realmente vou estragar a minha diversão e reverter o processo? Não podem estar falando sério!

– Vamos contar aos nossos pais. Vamos denunciá--lo à polícia! – gaguejou Kevin, furioso.

O dr. Blair olhou fixo para o garoto.

– Kevin! Ah sim, a sua mãe está vidrada por mim, se me lembro bem, assim como a sua, Simon, e a sua, Charlie. Será que vocês realmente acham que elas

O Doutor Morte

acreditariam que eu faria alguma coisa para prejudicar esses preciosos adolescentes, especialmente atormentá-los com doenças tão peculiares quanto essas? Acho que não, crianças chatas e mal-educadas, mas eu posso dizer, de coração, que o efeito das poções vai passar, em poucos anos.

Ele riu, uma risada arrepiante que ficou suspensa no ar.

Depois de girar a chave na ignição, ele abriu a janela.

– Acreditem, rapazes, sou a prova viva disso. Eu costumava ser feio quando jovem, coberto de todos os tipos de bolhas e furúnculos, mas olhem para mim agora! As mulheres que sequer reparavam em mim quando adolescente, agora desmaiam no meu consultório! Calma, rapazes. Tirem o pé do acelerador – e olhou cada garoto, um por um.

– Afastem-se, jovens, aceitem isso como um aviso. Eu posso mesmo me tornar desagradável, e, acreditem, vocês não vão querer ver isso...

– Se eu fosse vocês, simplesmente agradeceria esses pequenos incômodos. Eles não representam exatamente risco de vida, por enquanto! – ele riu novamente e pisou na tábua.

– Risco de vida! Risco de vida! Como ele se atreve! – explodiu Kevin.

Hora do Espanto

– Calma – disse Simon, batendo nos ombros do amigo para tranquilizá-lo. – Vamos resolver essa coisa toda, não se preocupe. Mas temos que manter a calma, precisamos pensar direito. Venham, vamos ver se o Josh está bem. Talvez ele tenha encontrado algo que nos ajude.

Os três rapazes passaram perto da janela aberta, que, felizmente, o médico não tinha notado.

Capítulo 8
Curar ou Matar

Enquanto isso, Josh, lá dentro, havia encontrado *alguma coisa*. Encontrou vidrinhos e frascos que exibiam etiquetas que alegavam fazer coisas que iam além dos sonhos mais extravagantes.

Depois de saltar pela janela, ele descobriu que estava na pequena cozinha onde a recepcionista preparava suas agora raras xícaras de café, e furtivamente prosseguiu rumo ao consultório.

Como ainda havia um pouco de claridade do dia escorrendo pela janela, ele conseguiu ver as coisas claramente na sala. Tudo parecia normal. A mesa de trabalho diária do médico não exibia nada incomum, embora Josh tivesse alguma dificuldade para decifrar algumas anotações rabiscadas às pressas.

"Típico de médico" – ele pensou, sorrindo, atravessado. Aquele médico podia ser *tudo* menos *típico*!

Os arquivos de metal cinza alinhados nas paredes ainda estavam com as chaves nas fechaduras. Josh abriu as gavetas à vontade. – Archer, Black, Dixon – leu os nomes na gaveta de cima. Depois de fechar essa gaveta, ele puxou uma aberta no meio. A letra *M*

Hora do Espanto

e os *Macs* pareciam ocupar a maior parte do espaço nessa área, então ele foi para baixo. – Ramsay, Smith, Stevens... É isso! – E retirou a pasta: *Josh Stevens*, dizia na frente. Sim, ali constava o endereço, definitivamente era o arquivo dele. Puxou uma cadeira ao lado da mesa de trabalho do médico, abriu a pasta e começou a ler. – Mas só tem coisa velha – ele pensou.

Como a vez que levou pontos no joelho quando caiu da bicicleta (a mãe insistiu para retirar as rodinhas, embora ele dissesse que era cedo demais). Depois veio a vez que teve uma reação alérgica a uma nova marca de sabão em pó que a mãe comprara. Puxa, aquilo tinha sido horrível: ficou coberto de pintinhas da cabeça aos pés. Ele sentia comichões só de pensar naquilo! E, olha só, tinha até esquecido, a vez que empurrou um minúsculo tijolinho verde de Lego dentro do nariz, que o dr. Feldman removeu com pinças. Como já estava começando a gostar, recostou-se na cadeira e cruzou as pernas sobre a mesa de trabalho diante dele. Então ouviu um barulho.

– O que foi isso? – ele se assustou e se aprumou na cadeira. Depois, percebeu que aquilo que antes considerava apenas uma parede era na verdade uma porta de correr, uma porta que tinha sido impecavelmente coberta com papel de parede para disfar-

O Doutor Morte

çar atrás dela um enorme compartimento reservado. Ele devia ter inadvertidamente acionado a tecla que abria a porta quando colocou os pés sobre a mesa. Ele levantou-se e caminhou rumo ao compartimento agora revelado.

Uau! A visão que se apresentou foi assombrosa. Quando andou ao longo do lado direito da sala (já que aquele ambiente merecia muito mais ser chamado de sala, pois era bem maior do que um simples cômodo), ele viu mais vidrinhos, frascos, garrafas e outros tipos de recipientes que alguém jamais poderia imaginar. Ao olhar de relance para o lado esquerdo, viu que pareciam quase idênticos. Estavam ambos arrumados em estantes. Os vidros na prateleira do alto eram os maiores, e estavam totalmente cheios de líquidos coloridos. Os recipientes na segunda e na terceira prateleiras eram um pouco menores, e novamente estavam cheios com líquidos de diferentes cores. Concentrando-se na parede do lado esquerdo, então, Josh notou que a prateleira final acomodava recipientes vazios, em lotes de diferentes tamanhos, alguns dos quais similares ao creme de acne que levou para casa.

– Então esse é o dispensário do médico – pensou Josh, olhando mais de perto os vidrinhos, todos eti-

Hora do Espanto

quetados de forma muito clara e precisa. Os olhos dele percorreram a estante superior: *Coceira Insuportável* leu na primeira etiqueta. *Solvente de Cabelo* dizia o seguinte. Depois vinham *Caspa Escamosa e Extremamente Grande, Diarreia Crônica, Mau Hálito, Incontinência* (Josh arrepiou-se quando leu essa), *Sovaco Fedorento, Tocos de Dentes Cariados, Espinhas Cheias de Pus Verde, Espinhas Cheias de Pus Amarelo, Cabelos Grisalhos Compridos* e, finalmente, *Tripla Combinação de Espinhas*.

– É isso! – ele parou. – *Tripla Combinação...* Foi o que ele me deu!

Olhando rapidamente mais um pouco, Josh viu um cartaz grande acima das prateleiras que dizia AFLIÇÕES E PADECIMENTOS. Virando para o outro lado da sala, ele notou que o cartaz em cima dessas prateleiras dizia REMÉDIOS E MEDICAMENTOS. Os vidros na prateleira de cima também estavam etiquetados. *Cabelo Brilhante e Macio, Movimentos de Evacuação Saudáveis, Bom Hálito, Dentes Brancos de Verdade, Pele Limpa e Perfeita.* Ele parou a leitura e releu. *Pele Limpa e Perfeita...* O sonho virando realidade! Ele verificaria mais tarde. Por ora, no entanto, precisava se concentrar em tudo o que podia descobrir na sala.

O Doutor Morte

Voltando para o lado de AFLIÇÕES E PADECI-MENTOS, começou a ler as etiquetas nos vidros alinhados na segunda estante. *Sarampo, Caxumba, Catapora, Coqueluche* e assim por diante.

– Bem mais grave – pensou Josh, balançando a cabeça. – Esse dr. Blair realmente deve ser meio desequilibrado. Ele deve ter descoberto, de algum modo, o jeito de *engarrafar* essas doenças e depois passava o resto do tempo infectando o corpo dos adolescentes. Mas que demente!

Procurando a respectiva estante no lado de REMÉDIOS E MEDICAMENTOS da sala, ele viu seringas colocadas ao lado de vidrinhos que simplesmente tinham o nome da doença impresso na etiqueta, com a palavra *vacina* acrescentada embaixo. Um pouco mais ansioso agora, Josh estava quase com receio de olhar na terceira estante.

Ele engoliu em seco, e olhou para baixo. Primeiro leu: *Paralisia Total ou Parcial*. Josh empalideceu. *Perda de Visão* veio depois. Josh podia sentir a pele começando a formigar em volta do pescoço. Em terceiro lugar: *Doença Terminal*. Ele sabia, mesmo antes de olhar, o que veria quando olhasse na respectiva prateleira da mão direita. Ela estava completamente vazia.

Ouviu o ruído de alguma coisa ranger. O médico teria voltado e estava quase capturando Josh em

Hora do Espanto

flagrante, bisbilhotando no dispensário dele? Tentou se achatar contra a parede, na tentativa de acalmar a respiração.

– Josh? – ouviu chamar. – Josh, você está aí?

Aliviado, Josh soltou totalmente o ar dos pulmões. Era Simon, agradeceu aos céus por isso.

– Aqui, Simon, mas prepare-se para ficar chocado. Esse cara é um verdadeiro dr. Morte, não estou brincando. Você jamais acreditaria no que acabei de encontrar.

Simon entrou no dispensário, seguido de perto por Kevin e Charlie. Josh apontou os cartazes em cima de cada parede de estantes e deixou os rapazes lerem o que estava anotado em cada frasco, enquanto ele voltava para o consultório do médico para sentar-se tranquilamente na mesa de trabalho. Simon foi o primeiro a se juntar a ele, depois de ter visto tudo o que era preciso na câmara dos horrores na porta ao lado. Nenhum dos garotos falou nada, esperando, em vez disso, que os dois outros amigos absorvessem tudo o que tinham acabado de ver. Kevin e Charlie juntaram-se a eles logo depois.

– Sabia que o cara era esquisito – disse Josh –, mas eu não esperava descobrir tudo isso. – Visivelmente chocados, seus três amigos podiam apenas concordar

O Doutor Morte

com a cabeça. – Como alguém poderia fazer coisas tão terríveis assim? Quero dizer, o que ele pretendia fazer ao injetar moléstias em adolescentes, e depois se mostrar interessado em saber se eles realmente estavam doentes? Será que ele curava no último minuto ou será que ele simplesmente... – Josh não conseguia terminar a frase. Aquilo era muito horrível de contemplar. Os rapazes sentaram em silêncio, cada qual com seus próprios pensamentos separados. – Alguém tem alguma ideia, então? – perguntou Charlie. – O que vamos fazer?

Levantando-se e empurrando a cadeira de volta, Josh se aprumou. – Já sei! – anunciou, olhando determinado. – Vamos trocar as etiquetas, é isso o que temos que fazer. Vamos trocar as etiquetas para que da próxima vez que dr. Morte prescrever *Tripla Combinação de Espinhas* para alguém ele realmente esteja dando *Pele Limpa*. E da próxima vez que ele prescrever *Caspa Escamosa e Extremamente Grande*, ele na verdade estará prescrevendo *Cabelo Brilhante e Macio*. Vamos, caras, é melhor começar a trabalhar, temos muita coisa a fazer!

– Mas, Josh – o que faremos com a terceira estante? Não temos nenhum vidro para trocar... – disse Charlie.

Hora do Espanto

– Eu sei, e já pensei nisso. Um de nós vai até o supermercado, que ainda deve estar aberto (e verificou no relógio), para comprar alguns frascos de corantes alimentícios. Vamos simplesmente jogar fora o conteúdo dos vidros e depois misturar os corantes alimentícios com água e preencher os frascos. Só precisamos realmente ter cuidado e verificar se o médico não suspeitou de nada.

Simon se ofereceu como voluntário para buscar os corantes alimentícios e, quando saiu pela janela, verificou com cuidado para ter certeza se ninguém o viu sair, pois os amigos haviam voltado ao trabalho. Eles executaram a tarefa em silêncio, removendo delicadamente cada etiqueta e afixando-a no novo local.

Antes de terminarem o serviço, Josh pegou quatro pequenos frascos e colocou-os com cuidado na mesa de trabalho. Pegou o maior recipiente, marcado *Pele Limpa e Perfeita*, e despejou apenas o suficiente para encher o primeiro frasco. Recolocou o recipiente grande sobre a prateleira, e então pegou o que marcava *Bom Hálito* e encheu um pote com aquilo também. Repetiu o processo duas vezes mais, enchendo os dois frascos remanescentes com remédios para Charlie e Kevin. Atarraxou as tampas dos quatro frascos, marcando cada um com detalhes do conteúdo, e colocou-os em uma sacola.

O Doutor Morte

Quando Simon voltou, a maior parte do trabalho estava pronto, e os rapazes, então, começaram a jogar fora o conteúdo dos vidros da terceira estante. Misturaram cuidadosamente os corantes alimentícios com um pouco de água, para garantir exatamente o mesmo tom antes de jogá-los nos vidros apropriados. Por fim, tudo voltou aos devidos lugares, e os rapazes se afastaram e inspecionaram a obra realizada.

– Bela jogada, rapazes, bom trabalho. Vamos ver o grande prejuízo que o dr. Morte pode causar agora!

Saindo do dispensário, Josh pressionou novamente a tecla sobre a mesa de trabalho e fechou a porta. Colocou sua pasta na devida posição na gaveta do arquivo, e então levantou a sacola contendo os remédios roubados. Ele e seus três amigos abriram a janela e se esgueiraram noite adentro.

Estava mais escuro agora, e os rapazes tiveram que parar sob um poste de iluminação, usando essa luz para ver as palavras apressadamente rabiscadas no topo dos frascos.

– Aí está, turma. Se eu fosse vocês, começava a tomar assim que chegasse em casa. É o que eu vou fazer. Na verdade, acho que vou tomar duas colheres de chá antes de ir para a cama – disse Josh.

– Sou capaz de tomar o pote inteiro hoje à noite – disse Simon. – Qualquer coisa, faço qualquer coisa para me livrar desse fedor.

Hora do Espanto

Charlie e Kevin sorriram e pegaram seus frascos com Josh.

– O que você acha que vai acontecer – perguntou Kevin – quando ele começar a perceber que as pessoas não estão mais ficando doentes?

Josh não se importou. – Quem sabe? Talvez isso demore um pouco a acontecer, mas por enquanto acho que fizemos bem.

– Sim, você tem razão, Josh – concordou Charlie. – Vamos para casa dormir um pouco. Estou acabado... E vamos chegar juntos de manhã para ver como nossos remédios estão progredindo.

Parabenizando-se eles próprios pelo que tinham conseguido fazer, embora ainda ansiosos para saber o resultado final, os rapazes cansados se despediram e pegaram o caminho de volta para casa.

Capítulo 9

Volta à Normalidade

– Está vendo, o que foi que eu falei? – disse a mãe de Josh quando desceu ao andar de baixo na manhã seguinte para o café. – Piora antes da melhora. A sua avó e o dr. Blair estavam ambos certos apesar de tudo.

Josh sorriu mostrando os dentes, parando novamente para se admirar no espelho. A pele dele, embora não totalmente limpa ainda, parecia a três quartos do caminho para estar curada. Ele ainda tinha algumas bolhas vermelhas na testa mas, mesmo assim, parecia e sentia-se ótimo.

Ao encontrar com os rapazes mais tarde naquela manhã a caminho da escola, descobriu que eles também estavam progredindo bem de volta à normalidade.

– O melhor remédio que o médico já receitou! – anunciou Charlie.

Poucas horas antes, o dr. Blair tinha chegado em seu consultório. Ele sempre passava por lá no início da manhã, bem antes da recepcionista e dos pacientes, e foi direto ao dispensário. Depois de trancar a porta do consultório, removeu vários frascos do dis-

Hora do Espanto

pensário, colocando-os com cuidado em uma fila ordenada em cima de sua mesa de trabalho. Em seguida, pegou uma pequena colher na gaveta, desatarraxou a tampa do primeiro pote e engoliu uma colherada. Fez o mesmo com o segundo pote e repetiu o processo por todo o caminho abaixo da linha. Se os rapazes pudessem tê-lo visto agora, eles ririam às gargalhadas ao verem o "bom" médico prontamente engolir seus padecimentos e aflições.

Capítulo 10

O Doutor Nojo

Era de Inglês, a última aula da sexta-feira à tarde. Um mês havia passado desde os eventos ocorridos no consultório, e os quatro garotos estavam completamente curados. O sol brilhava pela janela da sala de aula e, enquanto os garotos ouviam a professora resumir a cena final de *Macbeth*, Simon empurrou um bilhetinho para Josh.

"O que vão fazer hoje à noite?" – Josh sorriu antes de escrever: *Encontrar com a Karen às sete para ir ao cinema. Você e a Cindy estarão lá?*

Antes que Simon tivesse tempo de rabiscar a resposta, o sinal tocou e os dois garotos agarraram livros e mochilas antes de saírem correndo alegremente para fora da sala, rumo ao sol de verão.

A recepcionista tomou outro gole de café e foi virando as páginas do jornal até os classificados de empregos. Foi surpreendida pela campainha e suspirou.

– Sim, dr. Blair?

– Poderia trazer o meu café? – disse ele, ríspido.

– Com certeza, doutor.

Levantou da cadeira e andou até a cozinha. Colocou um pouco de café e uns biscoitos em uma ban-

Hora do Espanto

deja e caminhou para a sala do médico. Ela sempre temia essa parte. Respirando fundo, bateu duas vezes à porta, girou a maçaneta e entrou. O fedor a atingiu assim que abriu a porta. O doutor, sentado atrás de sua mesa de trabalho, mal lembrava o polido e sofisticado dr. Blair com quem ela originalmente foi trabalhar. O homem agora sentado atrás da mesa de trabalho era totalmente calvo, os olhos embaçados e sem vida, e seus dentes, outrora brancos e alinhados, estavam reduzidos a pequenos tocos marrons. Ele parecia ter encolhido no tamanho, e parecia muito mais magro do que tinha sido antes. "Provavelmente devido às frequentes visitas ao banheiro" – pensou a recepcionista enquanto colocava o café na frente dele. "O pobre homem parece estar sofrendo um surto de diarreia crônica."

Ele murmurou um agradecimento e ela deixou a sala. Realmente precisava encontrar outro emprego logo, pensou enquanto lentamente voltava à recepção passando pela sala de espera vazia. Não havia nenhum paciente há semanas, e de quem seria a culpa? A mudança do doutor em tão curto espaço de tempo era inacreditável.

Ele parecia horrível, tinha um cheiro horrível, e estava tão rude em suas maneiras que assustava as pessoas. Ela se sentou e começou a digitar: *Prezados*

O Doutor Morte

Senhores. Estou escrevendo em resposta aos seus recentes anúncios...

O dr. Blair pressionou a tecla em sua mesa de trabalho e lentamente caminhou para o dispensário. Ele destampou um pote etiquetado *Cabelo Brilhante e Bem Condicionado* e avidamente engoliu uma grande colher de chá. Parou para coçar o rosto, quando as unhas sujas acidentalmente acertaram uma espinha, fazendo com que pus verde jorrasse e escorresse pelo rosto até cair no colarinho. Levantando o pote etiquetado *Movimentos de Evacuação Saudáveis*, pensou em voz alta.

— Se eu tomar duas colheres de chá hoje, talvez ajude...

Capítulo 11

O Retorno do Doutor

Dr. Blair estava de volta ao trabalho depois de se recuperar do que considerou como um desarranjo grave na barriga. Mas, como pegou isso?

Não tinha comido nada arriscado. Não tinha visto nenhum paciente com esse tipo de coisa. Ficava pensando no armário secreto. Será que suas poções tinham *perdido o efeito*?

Ele as estudou. Coçou o queixo. Hum. O que é isto? Segurou uma garrafa contra a luz. Parecia gosmento e repulsivo.

Pois bem, mais uma vez, era assim mesmo que devia parecer.

Espere aí: uma mancha na etiqueta! Acontece que o dr. Blair sempre vestia luvas especiais quando colocava alguma coisa nos frascos, por motivos óbvios. Então, havia uma adulteração ali!

"Ok" – ele pensou. "Então Josh, Simon e o resto estavam um pouco melhores do que deveriam..." – Em vez de ficar zangado ou com medo, ele sorriu realmente saboreando o desafio.

"Então" – ele pensou –, "esses garotos querem brincar, não querem?"

Hora do Espanto

Com isso ele se preparou para trabalhar em novas fórmulas, para novas poções. Fazia muito disso ultimamente, tentando se livrar das doenças que agora entendeu que eram causadas pela troca de rótulos e frascos feita por Josh e seus colegas.

– Engenhosos! – ele murmurou para si mesmo, impressionado pela astúcia deles. Quem sabe talvez trabalhassem para ele algum dia...

– Ah, rá!

Ele conseguiu! A nova poção...

Olhou para todos os seus trabalhos em seus apontamentos, impressionado com a própria inteligência.

– Sou mais que um adversário para essas crianças intrometidas de nariz ranhento! Com quem pensam que estão lidando?

Mas não cometeria o erro óbvio de dar a poção a eles. Não! Eles deveriam esperar por isso. Talvez tivessem até preparado antídotos. Afinal, eles tinham revistado minuciosamente todo o material secreto, então, quem poderia saber o que eles sabiam?

"Então, o jovem Josh teria um encontro na semana que vem, não é?" – pensou o dr. Blair, lembrando-se de uma conversa que teve com a mãe de Josh.

"Sabe o que eu acho? Acho que a garota desse encontro é uma gracinha. Aliás, eu acho que ela gos-

O Doutor Morte

taria de se sentir superespecial nessa noite. Um encontro é um encontro e uma garota tem que cheirar o melhor perfume possível, ainda mais agora que a acne de Josh parecia ter sumido."

"Que tal essa nova linha de perfumes que eu desenvolvi?" – pensou o diabólico doutor. – "Aposto que ela vai adorar..."

Fez um repasse mental para verificar se teve algum motivo para ligar para a mãe de Karen. Ele se esforçou para descobrir o número do telefone. Deu-o à recepcionista e orientou-a para ligar para a mãe de Karen Summers e outras da mesma rua, para dizer que a enfermeira precisava fazer uma inspeção de saúde nas famílias da área devido às estranhas falhas que pareciam estar ocorrendo por toda parte.

Bastante seguras, as crédulas mães obedeceram cegamente e levaram as famílias junto. Isso o ajudou a novamente ser considerado o médico de melhor aparência na cidade, agora que tinha recuperado o visual!

– Ah, sra. Summers. Encantado de vê-la. Espero que essa inspeção não a tenha incomodado muito, mas acho que precisamos tentar ir fundo em todos os surtos dessas moléstias horríveis e embaraçosas que parecem estar nos infestando.

Hora do Espanto

– Sim, doutor, de acordo – disse a sra. Summers.

– E quer saber de uma coisa? O mais estranho é que até você chegar, não tínhamos problemas dessa natureza por aqui. Desculpe. Sinto muito doutor, se nem tudo saiu direito, não é?

– Não tem problema nenhum, sra. Summers. Agora, vamos verificar algumas coisas. A Karen tem sido um pouco temperamental ultimamente?

– Não! De modo algum...

– Compreendo. Era o que eu imaginava. Veja, a questão é essa sra. Summers, se uma garota na idade dela não é temperamental, então algo deve estar errado, não concorda? – o sorriso dele era envolvente.

A sra. Summers acabou proferindo palavras que sequer faziam sentido para ela, como: *Sim, doutor. Você tem razão. Entendo o que quer dizer.* Bem, que mal haveria em concordar com um médico?

– Então, sra. Summers, recomendamos o novo tratamento de aromaterapia que pode fazer a diferença. É como um perfume, mas é natural. Por favor, leve esta amostra grátis. Poderia testar para mim?

– Aqui tem um vidrinho para você – e ofereceu uma substância inofensiva, com um cheiro levemente agradável. – E este aqui é para a Karen – e ofereceu um vidrinho que parecia o mesmo, à primeira

O Doutor Morte

vista, inclusive com o mesmo cheiro. Mas a semelhança terminava aí...

– Não sei como agradecer, doutor. Foi muito gentil. Em breve Karen terá um encontro e então ela vai ficar realmente muito grata!

"Não por muito tempo" – pensou o dr. Blair. Não que ele se importasse. Depois de se vingar de Josh, ele desapareceria para sempre. E se a cidade já achava que sofria uma minipraga, então não tinha visto nada ainda!

Capítulo 12

O Encontro de Josh

Josh esperou Karen na cafeteria. Seria o terceiro encontro deles e o primeiro a sós, sem Simon e Cindy. Josh vinha se preparando todo dia em grande estilo. Agora, pela primeira vez, estava um pouco nervoso com o encontro.

"Espero não cometer nenhuma asneira" – ele pensou e verificou o reflexo na janela. Calma, pelo menos não existiam espinhas para atrapalhar. Graças a Deus, o dr. Blair havia aprendido a lição e estava se escondendo. Ah! Agora a Karen estava chegando.

A voz interior de Josh começou a falar. – "Ok. Fica frio. Você é o cara. Cabe a você manter essa coisa ótima que estão tendo com maravilhosos comentários engraçados e anedotas divertidas. Mas e se eles acabarem antes de terminarmos nosso sorvete de chocolate? Pânico! Fica frio? Frio! Foi o que você disse. Isso mesmo. Você disse: fica frio. Nem afobado, nem preocupado, ansioso, mas frio, calmo, relaxado. Entendido? Ótimo."

Josh continuou a papear com ele mesmo em sua cabeça, quando observou a garota de seus sonhos chegar.

Hora do Espanto

– Oi! – ele disse, parecendo calmo.

– Oi! – ela respondeu.

Entraram. Josh imaginou ter sentido um cheiro meio desagradável. A porta fechou atrás deles, eles sentaram-se e pediram o sorvete de chocolate que estava no pensamento deles o dia inteiro. O verão estava realmente ótimo.

Mas, ainda, aquele *cheiro*. Ah! Céus, essa não! A voz interior de Josh entrou em pânico na cabeça dele. – "*Frio*, nós combinamos! Nada de sofrer com sujeira de cachorro... Frio, apenas *realmente* fica frio. Ninguém precisa de sujeira de cachorro!"

Josh quase respondeu ao ser interior em voz alta, mas felizmente parou a tempo. No entanto, a perturbação interna por causa da sujeira de cachorro no sapato continuou. Por quê? O que mais poderia ser? Devia ser sujeira de cachorro!

– Bem... – disse Karen sorrindo.

Com suor escorrendo pela testa, Josh estava cada vez mais distraído pela própria estupidez. Por que não prestou atenção onde estava pisando? Justamente naquela noite, a noite de todas as noites!

– Bem, o quê? – ele respondeu, finalmente.

– Bem, o que você achou do meu novo perfume?

O perfume... O perfume dela! Que diabos, como ela podia falar de perfume com todo aquele turbi-

O Doutor Morte

lhão de aroma de sujeira de cachorro por toda parte, obviamente estacionado ao redor deles! Talvez ela estivesse com resfriado de verão ou algo assim. Como ela não sentia o cheiro? Calma, mesmo assim ele não podia *dar bandeira*.

– Ora, o perfume? Ah! Isso... É muito agradável.

– Sério? Estou tão contente. Achei que as pessoas estavam rindo de mim no ônibus quando vim para cá. Tinha certeza de que não gostaram dele. Era isso ou então alguma outra coisa os incomodava. De qualquer forma, ainda bem que você gostou. E é isso que importa. Aqui está, experimente um pouco.

Karen pegou um frasco da bolsa e enfiou-o no nariz de Josh. Era o frasco de perfume. Ela o destampou e ofereceu para ele inalar. Mas Josh se afastou, pois era repugnante, igual a sujeira de cachorro, mas muito pior que isso! Sujeira de elefante! Ele se sentiu doente. E logo percebeu que Karen, o perfume da Karen, estava empestando o lugar! Mas como não sabia? Outras pessoas na cafeteria estavam agora olhando para eles. Alguns tapavam o nariz. Uma senhora que segurava o nariz de seu bebê esbravejou horrorizada com o cheiro! E lá estava Karen, a garota dos sonhos dele, sentada ali. O sorriso dela sumiu. Parece que ela queria saber o que estava errado com o *perfume* dela. E lá estava Josh, calmo e bem-educado, que teria de

Hora do Espanto

contar para a garota de seus sonhos que ela fedia feito um gambá! Sim, é melhor ficar frio, Josh...

Josh deu a notícia, sentindo que ela entenderia e talvez até lhe agradecesse. Só que ela não esperou para agradecer a ele. Ela apenas derrubou a cadeira quando se retirou indignada. Josh ficou sentado ali sozinho. Mas o cheiro havia desaparecido. As pessoas respiraram fundo novamente.

Mas, pobre Karen! Josh não conseguia entender aquilo. Por que ela era a única pessoa que não sentia o cheiro daquele perfume?

Capítulo 13

O Doutor em Ação

Nesse exato momento, o dr. Blair entrou.

– Meu Deus, que noite adorável, não é mesmo, gente?

As pessoas reunidas continuavam a admirar o dr. Blair da mesma maneira que alguns reverenciam um líder religioso. Era quase como tirar o chapéu coletivamente para ele.

Josh estava passando mal. O que ele fazia ali? Tinha andado por baixo por causa de seus padecimentos, mas agora estava lá, cheio de felicidade. E a pobre Karen corria de volta para o ponto de ônibus, chorando. E Josh ali sentado, confuso. Aquilo não era justo, mesmo. Só então o dr. Blair cumprimentou Josh quando passou pela mesa dele.

– Noite agradável, Josh?

– Não! – ele rosnou.

– Bom! Lembre-se, não entre em disputas com quem é mais forte que você, rapaz!

E então ele retribuiu os cumprimentos, e conversou com os clientes.

Hora do Espanto

Josh levantou os olhos, viu o "bom" médico sentado com algumas mães, e observou todo mundo sorrindo. Reconheceu uma das mulheres como a mãe de Cindy.

Todo mundo estava se divertindo em toda parte e então a mãe de Cindy exibiu um frasco, não diferente daquele que Karen tinha acabado de mostrar para Josh. O médico começou a ficar bravo. De fato, pôde ouvir o doutor dizer claramente: – Jogue isso fora, mulher! – A mãe de Cindy parecia desconcertada. Afinal de contas, quem era ela para perturbar aquele grande homem? – Sinto muito, doutor, eu apenas fiquei muito agradecida pelo perfume que você deu para mim e para ela. Na verdade, ela está usando o dela hoje no encontro com Simon.

A mente de Josh apenas estalou! Se o frasco de perfume que Karen mostrou foi dado a ela por aquele verme, então mistério resolvido!

Ele se levantou rapidamente e saiu correndo da cafeteria antes que o dr. Blair notasse. Mas o dono da cafeteria gritou: – Ei, Josh! Você não vai embora sem pagar, não é? Pague a conta, por favor!

A mente do dr. Blair também estalou! De repente ele entendeu o porquê da correria de Josh. E ficou imaginando como detê-lo sem parecer estranho. Josh

O Doutor Morte

jogou o dinheiro e correu para sair, mas ouviu a voz do dr. Blair chamar: – Ei, Josh, como está a noite?

A paciência de Josh tinha se esgotado para aquele cara. E ele queria alcançar sua garota para explicar que ela não havia feito nada de errado.

– Eu perguntei como está a noite... – repetiu o dr. Blair.

– Você sabe muito bem como está sendo a noite! – gritou Josh na cafeteria.

Os clientes se levantaram e um *oh* coletivo percorreu o local. O médico sentiu que era a luta final.

– Ah, eu devia saber? Sou um bom médico, mas não leio pensamentos, garoto!

Todo mundo riu, e murmúrios de: – Ah! sim, ele é um bom médico – puderam ser ouvidos.

– Mas eu sei que você é um químico!

– Como assim?

– Um químico. Você sabe, alguém que...

– Sei bem o que é um químico, filho. Mas caso você não saiba ler, o letreiro em cima da minha porta diz *doutor* e não *químico*.

– Qual porta? – perguntou Josh.

– O que você quer dizer com *qual porta*?

– Oh, eu achei que você poderia estar se referindo à porta secreta dentro do seu consultório, não à externa. Você sabe, aquele compartimento secreto?

Hora do Espanto

Mas o dr. Blair não era bobo. Ele já havia estado nesse cenário várias vezes. Já havia passado a perna em muitas crianças, em muitas cidades, e não deixaria aquele moleque prestes a ficar espinhoso novamente embaraçá-lo. Blair conhecia todos os truques.

– Ah sim, o meu compartimento secreto. Por favor, conte. Como você poderia saber a respeito de uma coisa dessas, se é que existe? Acho que não.

Josh conseguia perceber a armadilha que o doutor acabava de armar habilmente, mas só que Josh não conseguia deter a si mesmo para não cair nela.

– Foi o que vimos na noite que invadimos aquele lugar.

O *oh* coletivo na cafeteria se tornou mais alto!

Aquilo estava mais perto de um drama no tribunal como o dr. Blair sempre desejou. Então ele realmente partiu para isso.

– Ah, vamos recapitular. Quer dizer que você entrou no meu consultório quando eu não estava lá?

– Sim – respondeu Josh, enrubescendo, ao perceber de repente que agora estava errado aos olhos da multidão na cafeteria.

Nesse momento o dono da cafeteria interveio:
– E esse ladrãozinho também tentou escapar daqui sem pagar!

O Doutor Morte

Josh sabia que era tempo de cair fora. O "bom" médico tinha aquele júri na palma da mão. E Josh precisava sair dali, a despeito de quanto incriminador esse fato pudesse parecer. Precisava encontrar Karen. E depois, teria de se esconder. Aquela noite prometia... "Sim" – disse a voz em sua cabeça –, "era só ficar frio!"

Josh foi obrigado a usar seus melhores movimentos de desvio de corpo, aprendidos nos esportes da escola, para sair da cafeteria, esquivando-se dos clientes que se achavam no direito de tentar detê-lo.

– Espere só a sua mãe ouvir a respeito disso, rapaz! – berrou alguém.

– Espere só a polícia ouvir a respeito disso, rapaz! – berrou Blair, sorrindo. Meu Deus, dessa vez ele teve um belo desempenho. Josh tinha muito a aprender sobre como ser um cara malvado.

Capítulo 14

Karen Entende a Situação

Josh estava na rua. Nenhum sinal de Karen no ponto de ônibus. Ele perguntou a um casal que esperava o ônibus se tinham visto uma garota por ali há pouco.

– Sim, ela estava chorando. Perguntou se estávamos aqui há muito tempo, eu disse que o ônibus ia passar em alguns minutos, mas mesmo assim ela foi andando – disse a moça.

– Em qual direção?

Josh correu na direção que a moça apontou. Alguns minutos depois, a mesma moça viu um homem correndo até ela, sem fôlego. – Em qual direção? – ele respirou fundo e a moça apontou na mesma direção.

Josh finalmente alcançou Karen. Ela estava sentada em um banco de jardim. Não estava chorando agora, mas era óbvio que tinha chorado antes. Seus olhos estavam vermelhos.

Mas pelo menos ela não fedia como antes. Ele notou o frasco de perfume na lixeira ao lado do banco.

– Sinto muito, Josh.

Hora do Espanto

– Por quê? Não foi culpa sua. Na verdade, foi minha. – Ele sentou-se ao lado dela, ignorando que, atrás dele, um homem o seguia da melhor maneira que podia, pois como estava fora de forma, ele era lento para acompanhá-lo.

– Como pode dizer que a culpa é sua?

– Olha, você não vai acreditar em mim. Mas sabe aquele dr. Blair? Ele deliberadamente lhe deu um perfume fedorento para boicotar o nosso encontro. Veja bem, não é a você que ele odeia, mas a mim!

Karen olhou para ele com uma notável falta de surpresa.

– Aquele verme! A minha mãe se derrete toda vez que o nome dele é mencionado. Ele é apenas um impostor barato.

– Você... Você sabe? Mas, como você sabe?

– Entendi tudo quando ele olhou para o perfume. E então comecei a pensar em todas as coisas erradas que vinham acontecendo com as pessoas. Elas estavam bem antes de irem ao médico. Em seguida, ficavam doentes. Nunca fedi a sujeira de cachorro antes, e então ele me deu o perfume e de repente eu estava com esse cheiro repugnante. Isso não é nenhum mistério, não é mesmo? Mas o problema é que os adultos jamais vão acreditar em nós.

– Eu sei. Na verdade, graças a ele, agora estou na lista dos mais procurados da cidade. Eu ficaria sur-

O Doutor Morte

preso se não estiver sendo caçado por uma multidão querendo me linchar. Olha, até a cidade saber, o que talvez nunca aconteça, temos que nos manter fortes, você, eu, os rapazes, Cindy. Nesse meio tempo, em que ponto mesmo foi que interrompemos o nosso encontro?

– Bem, eu acho que você estava pensando em me dar um abraço...

– Será? Meu Deus, nem sei se teria coragem para tanto... Já estávamos assim? Bem, vamos ver se podemos retomar a partir daí!

Karen olhou por cima dos ombros de Josh e disse: – Com certeza podemos sim, embora talvez você seja linchado assim que a multidão chegar!

E com isso, ambos levantaram-se para correr. Mas não havia nenhuma multidão, apenas um homem, o que havia seguido o garoto até o ponto de ônibus e depois prosseguiu na direção apontada pela moça que lá estava. Josh imediatamente pensou que poderia ser o dr. Blair, correndo atrás dele com alguma poção obscena ou algo parecido. Mas não era o médico. Talvez fosse um cliente indignado da cafeteria, esperando capturar o jovem jogador para entregá-lo à mãe, e denunciá-lo como alguém que havia arrombado o consultório do médico. Josh parou, decidido a enfrentar tudo o que aconteceu com dignidade. Preferia ter seu dia no tribunal, logo. – "Isso mesmo"

Hora do Espanto

– disse a voz interior, dessa vez sem sarcasmo –, "fica frio, muito frio!"

O homem os viu e voltou a correr novamente até alcançá-los.

– Espere aí!

Mas o garoto já esperava, e disse: – Sim? O que você quer?

O homem correu até ele e levantou as mãos para o alto. – Relaxa, rapaz, relaxa. – Era óbvio que o homem queria apertar a mão de Josh, que agradeceu.

– O que está acontecendo?

– Eu estava na cafeteria. Hoje à noite eles odeiam você, mas amanhã cedo, você será um herói!

– Não entendo!

– Pois é, nem nós. Até a sua cena na cafeteria! Sinto muito – disse o homem, sem fôlego, ofegante. – Quero me apresentar... Sou o inspetor Crook, da polícia. Estamos na pista desse sujeito há anos. Mas ele continua alterando a aparência, a identidade, tudo! E sempre que descobrimos é tarde demais, pois ele muda para uma nova cidade, deixando para trás um rastro de devastação. Estávamos chegando cada vez mais perto e hoje à noite ouvimos o que precisávamos ouvir na cafeteria.

– O que foi então? – perguntou Josh perplexo, intrigado.

O Doutor Morte

– O compartimento secreto. Normalmente, os consultórios dele incendiavam um pouco antes de ele sair da cidade. Mas cá estamos nós, desta vez um pouco antes de ele planejar sair, e temos uma testemunha do fato de que existe um compartimento secreto no consultório dele: você! E tudo o que precisamos fazer é levar você até lá. E então vamos denunciá-lo. Os meus colegas o prenderam na cafeteria. Eles tiveram que usar a força para retirá-lo de lá, pois todos os clientes gostam dele!

– Conte-nos tudo a respeito disso! – disseram Karen e Josh ao mesmo tempo.

– Com prazer, meninos, mas preciso que você, Josh, nos mostre onde fica o estabelecimento do diabólico doutor.

Capítulo 15
Quem Ri por Último...

Uma hora depois, Josh, o inspetor Crook e dois colegas dele, estavam no compartimento secreto. Mas o local estava vazio!

– Ele deve ter sido avisado! – lamentou o inspetor.

Nesse momento, um policial chegou trazendo um café para os detetives.

– Ora, muito obrigado!

Todos engoliram o café. Em seguida, algo muito estranho aconteceu. O inspetor Crook colocou a xícara de lado, e disse para os outros que ainda estavam tomando os deles: – Ok, rapazes, vamos!

Assim que terminaram o café eles se escafederam. Josh e Karen se entreolharam, pasmos! Depois, correram atrás da polícia.

– Aonde vocês vão?

– Como? – respondeu Crook, acrescentando: – Ei, o que vocês, crianças, estão fazendo na rua até essa hora? Vão embora... Já para casa!

Josh e Karen se entreolharam. E então ambos exclamaram ao mesmo tempo: – O CAFÉ!!!

Hora do Espanto

Eles correram de volta para o consultório do médico e só encontraram xícaras vazias, sem café. Pegaram as xícaras, sem cheiro de café em nenhuma delas! Eles se entreolharam novamente.

– Reparou aquele policial? Sabe, o que trouxe o café? – perguntou Josh.

Karen, olhou pela janela, e disse: – Não, mas ele está entrando no carro da polícia!

Correram para fora para ver o carro partindo. A mente de Josh estalou como havia feito na cafeteria. Ele bateu na janela do motorista. O carro estava cheio. Crook e os outros estavam dentro. O policial estava dirigindo.

– Pare! – gritou Josh.

O carro parou como Josh queria, mas dessa vez ele não tinha tanta certeza se era uma coisa boa de acontecer. A janela do motorista se abriu. O policial olhou para eles lá fora. E, sorriu.

– Não me pareço com ninguém? – perguntou, maldosamente.

– Blair! – gritou Josh.

– Policial Blair, para você! Agora, vocês, crianças, escutem bem: vou acabar com essa folga por aqui. Coloquei uma poção na água potável da cidade. Nada de pânico, é uma boa poção. Vai fazer

O Doutor Morte

todo mundo esquecer todo esse aborrecimento. Não acham isso uma coisa boa?

Uma voz no banco de trás perguntou como estava o assalto. Era o inspetor Crook. O policial Blair apenas olhou para Josh e Karen enquanto gritava para a parte de trás do carro: – Tomem todo o café, rapazes, tomem tudo, agora – e sorriu para eles.

– Vejam, pombinhos, fiquei com pena desta cidade triste e boba. Sempre acontece. Ninguém sai machucado, não é? Ninguém. Não mesmo. É apenas o meu jeito de ficar acordado em um mundo aborrecido. Mas vocês, garotos, me deram um susto. Não me importo com isso, fico animado. Estava para ser preso. Não sentia isso há anos! Então, o meu pequeno agradecimento a vocês é que ninguém vai lembrar de nada, e tudo poderá voltar a ser tedioso por aqui! Agora, Josh, não me diga que você não ficou nem um pouco animado de desafiar uma inteligência como a minha...

O garoto se calou. O médico estava errado. Pelo menos, Josh queria que ele estivesse. Karen também desejava isso. Em seguida Josh revidou: – Então, a cidade inteira esquece você. Estes policiais palermas aqui com certeza já esqueceram, graças ao seu café especialmente preparado, eu presumo. No entanto, você está esquecendo uma coisinha só.

Hora do Espanto

– Ah! sim... – suspirou Blair, entediado, como se já soubesse o restante daquela conversa de trás para frente. Ele já tivera essa discussão com os Joshes e as Karens do mundo inteiro, muitas vezes, em muitas cidades, normalmente na mesma situação de agora, momentos antes de sumir com o pôr do sol, mais uma vez rindo dos trouxas que deixava para trás no espelho retrovisor da vida.

– Sim! Karen e eu vamos lembrar de tudo. Nós não tomamos nenhum café, não vamos beber a água da cidade, e vamos contar para todo mundo o que você acabou de confessar... Não tomamos nenhuma das suas poções de esquecimento!

A janela do carro começou a subir. Blair olhou para eles pela última vez.

– Gostaram do sorvete de chocolate da cafeteria? Pois bem, é uma das minhas receitas favoritas!

Ele sorriu e piscou. A janela se fechou por completo e o carro arrancou com a sirene ligada e as luzes acesas, deixando para trás Josh e Karen. Eles sentiam-se confusos, cansados, esquecidos.

TÍTULOS DA COLEÇÃO

HORA DO ESPANTO

GAROTO POBRE

Tommy e sua mãe mudaram-se para uma casa nova e todos os vizinhos parecem ser melhores do que eles.

As outras crianças do local sentem enorme prazer em provocar Tommy e em lembrá-lo constantemente de como ele e sua mãe são pobres.

Tommy consegue a ajuda de um estranho garoto que costuma aparecer quando ele precisa. Com o novo amigo, ele começa a se vingar da criançada esnobe ao seu redor.

Mas de onde vem esse misterioso amigo?

E por que ele ajuda Tommy?

O Escritor Fantasma

Charlie é um aluno com talento para escrever, mas nem mesmo ele consegue se lembrar de ter escrito todas aquelas palavras que aparecem em seu bloco de notas!

Parece que uma história está sendo contada nas páginas do texto manuscrito, mas quem está fazendo a narrativa e por quê?

O diretor da escola de Charlie está se mostrando um pouco interessado demais no bloco de notas e não parece muito contente. Conforme Charlie investiga, descobre que as coisas são piores do que ele jamais poderia imaginar. Você alguma vez já se assustou com o diretor de sua escola?

Eu quero dizer: ficou *realmente* assustado?

O Espantalho

Não é raro pessoas se tornarem fortemente apegadas ao lugar onde nasceram... Mas um espantalho?

Uma série de acidentes misteriosos na nova fazenda da família Davis faz David suspeitar de que há uma relação entre eles.

Será que existe alguém, ou alguma coisa, por trás desses eventos macabros?

Quanto mais David investiga, mais ele quer manter a boca calada. Até que o terrível segredo do espantalho seja revelado!

ESPELHO MEU

A família Johnson comprou um lindo espelho antigo. Surpreendentemente, as três garotas da casa acham que podem ver a imagem fantasmagórica de uma garota presa dentro dele!

Ela veste roupas estranhas e parece estar tentando se comunicar com as garotas pelo espelho.

Logo, a misteriosa história da menina é revelada e a terrível verdade sobre como ela ficou presa no espelho vem à tona.

As meninas não têm outra alternativa a não ser tentar quebrar a maldição do espelho.

Feliz Dia das Bruxas

Samanta, Tiago e Mandy são irmãos. Os pais deles decidem descansar um pouco em uma tranquila aldeia no fim de semana do Dia das Bruxas. Os adolescentes estão muito preocupados, pois ficar em uma aldeia chata vai estragar a brincadeira de travessuras ou gostosuras.

Com certeza, o Dia das Bruxas será bem diferente do normal, mas longe de ser uma chatice!

Samanta descobre um velho livro de feitiçaria e rapidamente percebe que é capaz de controlar perigosos poderes. Logo, ela é levada para um mundo terrível e sinistro de magos e bruxos, e precisa escapar ou perderá a vida.

O Poço dos Desejos

Tom fica feliz da vida quando encontra um poço abandonado perto de casa.

Quando grita o que pensa dentro do poço, Tom esquece os problemas que precisa resolver na nova escola.

Lentamente, Tom percebe que quando compartilha seus desejos com o poço, eles se tornam realidade, por mais terríveis que sejam. O espírito do poço atende aos desejos, mas o que será que quer em troca?

E o que acontece quando Tom hesita em ajudar o espírito do Poço dos Desejos?